文津閣《四庫全書》原版再造

中華古詩文萃

收藏手冊

人民出版社

中華古詩文萃

特約策劃　載道文化發展（北京）有限公司

電　話　〇一〇八四〇八三九六三

出版發行　人民出版社

電　話　〇一〇六五二五〇〇四二
〇一〇六五二八九五三九（銷售部）

定　價　二九九圓

《中华古诗文萃》
载 道 文 化 诵 读
www.zaidao.net

人 民 出 版 社
www.pph166.com

出版緣起

中華民族是一個充滿詩性的民族。從詩經、楚辭的油然雲興，到唐詩、宋詞的沛然雨落，中國古代經典詩文在幾千年歷史長河中，已融入中華民族的血脉，成爲終生的民族文化基因。在二十一世紀的今天，吟誦中國古典詩文，是一場直面心靈的對話，是一次回歸家園的旅行。爲在新時代更好地傳承和弘揚中華傳統文化之精華，人民出版社推出了《中華古詩文萃》叢書，輯選中國自先秦以下歷代詩文一流名家名作，精編精校，融匯中華優秀傳統文化之精粹典雅。一册在手，擷英咀華，思接千載，幼者可以啓語，少者可以修身，壯者可以養德，老者可以忘憂。

如果説經典詩文是中華傳統文化的高雅靈魂，那麽綫裝古籍就是承載這一靈魂的優美體魄。《中華古詩文萃》精選文津閣《四庫全書》爲底本，采用古籍還原再造的最新技術，完美再現皇家珍藏典籍的原版原式，使讀者能直觀親切地接觸到中國傳統綫裝古籍原初的樣態，還原古人的讀書場景，親身體會迥异于現代圖書裝幀的輕妙如雲之美。中華綫裝古籍與經典古詩文的組合，是中華民族文藝創造力的充分再現；向世界傳播這一大美，是中華民族文化自信的又一體現。

珍版再造

《中華古詩文萃》采用古籍還原再造的最新技術，完美再現清代皇家珍藏文津閣《四庫全書》的原版原式。文津閣《四庫全書》是七部《四庫全書》中的第四部，成書于清乾隆四十九年（1784）十一月，乾隆五十年三月運往承德避暑山莊文津閣收藏，現珍藏于國家圖書館。它是七部《四庫全書》中保存最爲完整，并且至今是原架、原函、原書一體存放保管的唯一一部。作爲一部盛世修成的皇家典藏，文津閣《四庫全書》版式舒朗大氣，手抄小楷精工秀美，令人賞心悅目。《中華古詩文萃》初編收録名家詩文十六種，底本均精選自文津閣《四庫全書》，簡列如下：

詩經卷：經部三·詩類·《詩經集傳》

屈原卷：集部一·楚辭類·《欽定補繪離騷圖》

陶淵明卷：集部一·別集類一·《陶淵明集》

孟浩然卷：集部二·別集類二·《孟浩然集》

王維卷：集部四十三·總集類五·《御定全唐詩》

李白卷：集部四十三·總集類五·《御選唐宋詩醇·隴西李白詩》

杜甫卷：集部四十三·總集類五·《御選唐宋詩醇·襄陽杜甫詩》

白居易卷：集部四十三·總集類五·《御選唐宋詩醇·太原白居易詩》

杜牧卷：集部四·別集類四·《樊川文集》

李商隱卷：集部四·别集類四·《李義山詩集》

柳永卷：集部五十一·詞曲類一·《樂章集》

王安石卷：集部六·别集類六·《臨川集》

蘇軾卷：集部四十三·總集類五·《御選唐宋文醇·眉山蘇軾文》；集部四十三·總集類五·《御選唐宋詩醇·眉山蘇軾詩》；集部五十一·詞曲類一·《東坡詞》

秦觀·李清照卷：集部五十一·詞曲類一·《淮海詞》；集部五十一·詞曲類一·《漱玉詞》

陸游卷：集部四十三·總集類五·《御選唐宋詩醇·山陰陸游詩》；集部五十一·詞曲類一·《放翁詞》

辛棄疾卷：集部五十一·詞曲類一·《稼軒詞》

《中華古詩文萃》不僅再現了文津閣《四庫全書》典雅的版式布局和行款字體，同時注有全文的簡體釋文和句讀，書後并附古籍版式常識示意圖，令人一目了然。同時，與圖書相配合，還有制作精良的全書吟誦音視頻，供讀者隨時欣賞。總之，《中華古詩文萃》致力于在保持傳統綫裝古籍原初之美的同時，嘗試最大限度地消除現代讀者與古典的隔閡，再一次搭建起溝通古代經典與現代生活的橋梁。

欣賞收藏

宣紙綫裝，中國古代書册制度發展成熟的頂峰，數百年來延續着中華文脉，迥异于工業化的西方現代裝幀，展現出獨一無二的中國智慧。中國自古以來就有愛書惜書的傳統，衹要閱讀、收藏方法得當，宣紙綫裝古籍極耐保存，素有“紙壽千年”的美譽。宋末元初書畫大家趙孟頫曾有“讀書十約”以諭後世：

聚書藏書，良非易事。善觀書者，澄神端慮，净幾焚香，勿卷腦，勿折角，勿以爪侵字，勿以唾揭幅，勿以作枕，勿以夾刺。隨損隨修，隨開隨掩。後之得吾書者，并奉贈此法。

簡而言之，在閱讀古籍時應該：

一、清除雜念，集中精神；

二、潔净書案，焚點熏香；

三、勿緊卷書脊；

四、勿折叠書角；

五、勿用指甲抓撓翻頁；

六、勿以指蘸唾翻頁；

七、勿用書枕頭；

八、勿以硬物插頁；

九、及時修補破損；

十、讀罷及時合上書册。

這“讀書十約”可謂古代先賢愛書惜書經驗的總結，也可借爲《中華古詩文萃》欣賞收藏方法之説明。

《中華古詩文萃》全采手工宣紙印刷，由工匠采用傳統綫裝工藝手工裝幀，覆以耿絹花綾，盛以六合函套，使讀者得以與中國綫裝古籍輕柔之美親密接觸。一函入手，斯文在兹，如雲卷雲舒，温潤自在。每吟哦于席間幾上，或擱置于花前茗邊，不僅是一次與古人對話的精神體驗，更是一種深契于當代中國人内心的生活方式。

藏書信息著録

書　名：《中華古詩文萃》

行　款：每葉十六行，行二十一字

版心尺寸：高二十二點五厘米，寬十五點五厘米

成書尺寸：高二十九厘米，寬十八點五厘米

内文用紙：手工加厚宣紙

包角、裝訂用料：真絲耿絹，絲綫

封面、函套用料：真絲花綾

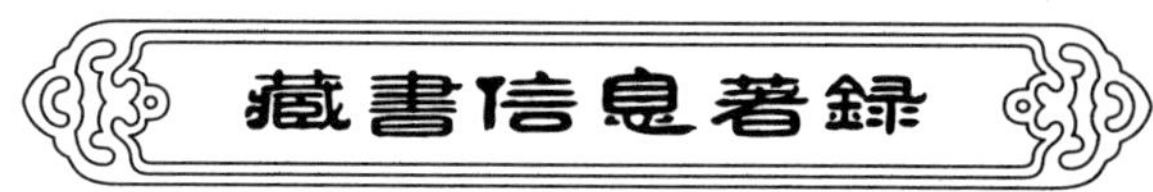

文津閣《四庫全書》原版再造

中華古詩文萃

王安石卷

人民出版社

中华古诗文萃
王安石卷目录

中華古詩文萃王安石卷目錄

元日

爆竹声中一岁除/东风送暖入屠苏/千门万户曈曈日/争插一作总把新桃换旧符/

明妃曲

明妃初出汉宫时/泪湿春风鬓脚垂/低徊顾影无颜色/尚得君王不自持/归来却怪丹青手/入眼平生几曾有/意态由来画不成/当时枉杀毛延寿/一去心知更不归/可怜著尽汉宫衣/寄声欲问塞南事/只有年年鸿雁飞/家人万里传消息/好在毡城莫相忆/君不见咫尺长门闭阿娇/人生失意无南北/

书湖阴先生壁二首

茅檐长扫净无苔/花木成畦手自栽/一水护田将绿绕/两山排闼送青来/

二

桑条索漠楝花繁/风敛余香暗度垣/黄鸟数声残午梦/尚疑身属半山园/

元日

爆竹聲中一歲除東風送暖入屠蘇千門萬户曈曈日
爭插一作總把新桃換舊符

明妃曲

明妃初出漢宫時淚濕春風鬢脚垂低徊顧影無顔色
尚得君王不自持歸來却怪丹青手入眼平生幾曾有
意態由來畫不成當時枉殺毛延壽一去心知更不歸
可憐著盡漢宫衣寄聲欲問塞南事只有年年鴻雁飛

家人萬里傳消息好在氈城莫相憶君不見咫尺長門
閉阿嬌人生失意無南北

書湖陰先生壁二首

茆檐長掃靜無苔花木成畦手自栽一水護田將緑遶
兩山排闥送青來

二

桑條索漠楝花繁風斂餘香暗度垣黄鳥數聲殘午夢
尚疑身屬半山園

金爐香盡漏聲殘翦翦輕風陣陣寒春色惱人眠不得

夜直

杳杳難隨驛使來

華髮尋春喜見梅一株臨路雪倍堆鳳城南陌他年憶

與薛肇明弈棋賭梅花詩輸一首

白黑一枰何處有虧成

莫將戲事擾真情且可隨緣道我贏戰罷兩奩分（一作收）

棋

中華古詩文卷　王安石卷

牆角數枝梅凌寒獨自開遙知不是雪為有暗香來

梅花

自緣身在最高層

飛來山上千尋塔聞說雞鳴見日昇不畏浮雲遮望眼

登飛來峰

明月何時照我還

京口瓜洲一水間鍾山只隔數重山春風自綠江南岸

泊船瓜洲

月移花影上栏干／

桂枝香 词

登临送目／正故国晚秋／天气初肃／千里澄江如练／翠峰如簇／归帆去棹残阳里／背西风酒旗斜矗／彩舟云淡／星河鹭起／画图难足／ 念往昔／繁华竞逐／叹门外楼头／悲恨相续／千古凭高／对此漫嗟荣辱／六朝旧事随流水／但寒烟芳草凝绿／至今商女／时时犹歌／后庭遗曲／

染云

染云为柳叶／剪水作梨花／不是春风巧／何缘有岁华／

题齐安壁

日净山如染／风暄草欲薰／梅残数点雪／麦涨一溪云／

南浦回

南浦随花去／回舟路已迷／暗香无觅处／日落画桥西／

题舫子

爱此江边好／留连至日斜／眠分黄犊草／坐占白鸥沙／

题西太一宫壁二首 六言

月移花影上欄干

桂枝香 詞

登臨送目正故國晚秋天氣初肅千里澄江如練翠峯如簇歸帆去棹殘陽裏背西風酒旗斜矗綵舟雲淡星河鷺起畫圖難足 念往昔繁華競逐歎門外樓頭悲恨相續千古憑高對此謾嗟榮辱六朝舊事隨流水但寒煙荒草凝綠至今商女時時猶歌後庭遺曲

染雲

染雲為柳葉剪水作梨花不是春風巧何緣有歲華

題齊安壁

日淨山如染風暄草欲薰梅殘數點雪麥漲一溪雲

南浦迴

南浦隨花去迴舟路已迷暗香無覓處日落畫橋西

題舫子

愛此江邊好留連至日斜眠分黃犢草坐占白鷗沙

題西太一宮壁二首 六言

草色浮云漠漠／树阴落日潭潭／一作柳叶鸣蜩绿暗／荷花落日红酣三十
六陂流一作宫烟水／白头想见江南／

二

三十年前此路一作地／父兄持我东西／今日重来白首／欲寻陈迹都迷／

南浦

南浦东冈二月时／物华撩我有新诗／含风鸭绿粼粼起／弄日鹅黄袅袅垂／

嘲白发

久应飘转作蓬飞／眷惜冠巾未忍违／种种春风吹不长／星星明月照还稀／

初夏即事

石梁茅屋有弯碕／流水溅溅度两陂／晴日暖风生麦气／绿阴幽草胜花时／

北陂杏花

一陂春水绕花身／花影妖娆各占春／纵被春风吹作雪／

草色浮雲漠漠樹陰落日潭潭一作柳葉鳴蜩綠暗荷花落日紅酣三十
六陂流一作宮煙水白頭想見江南

二

三十年前此路一作地父兄持我東西今日重來白首欲
尋陳迹都迷

南浦

南浦東岡二月時物華撩我有新詩含風鴨綠粼粼起
弄日鵞黃裊裊垂

嘲白髮

久應飄轉作蓬飛眷惜冠巾未忍違種種春風吹不長
星星明月照還稀

初夏即事

石梁茅屋有彎碕流水濺濺度兩陂晴日暖風生麥氣
綠陰幽草勝花時

北陂杏花

一陂春水繞花身花影妖嬈各占春縱被春風吹作雪

絶勝南陌碾成塵

北山

北山輸緑漲横陂直塹回塘灔灔時細數落花因坐久
緩尋芳草得歸遲

出郊

川原一片緑交加深樹冥冥不見花風日有情無處著
初迴光景到桑麻

成宇說後與曲江譚君丹陽蔡君同遊齊安

攄梧枝策事如毛久苦諸君共此勞遥望南山堪散釋
共尋西路一登高

悟真院

野水從横漱屋除午牕殘夢鳥相呼春風日日吹香草
山北山南路欲無

鍾山晚步

小雨輕風落楝花細紅如雪點平沙槿籬竹屋江村路
時見宜城賣酒家

绝胜南陌碾成尘／

北山

北山输绿涨横陂／直堑回塘滟滟时／细数落花因坐久／
缓寻芳草得归迟／

出郊

川原一片绿交加／深树冥冥不见花／风日有情无处著／
初回光景到桑麻／

成宇说后与曲江谭君丹阳蔡君同游齐安

摅梧枝策事如毛／久苦诸君共此劳／遥望南山堪散释／
共寻西路一登高／

悟真院

野水从横漱屋除／午窗残梦鸟相呼／春风日日吹香草／
山北山南路欲无／

钟山晚步

小雨轻风落楝花／细红如雪点平沙／槿篱竹屋江村路／
时见宜城卖酒家／

贈外孫

南山新長鳳凰雛眉目分明畫不如年小從他愛梨栗長成須讀五車書

金陵即事

水際柴門一半開小橋分路入青苔背人照影無窮柳隔屋吹香并是梅

觀明州圖

明州城郭畫中傳尚記西亭一艤船投老心情非復昔當時山水故依然

鍾山即事

澗水無聲繞竹流竹西花草弄春柔茅簷相對坐終日一鳥不鳴山更幽

六年

六年湖海老侵尋千里歸來一寸心西望國門搔短髮九天宫闕五雲深

世故

赠外孙

南山新长凤凰雏／眉目分明画不如／年小从他爱梨栗／长成须读五车书／

金陵即事

水际柴门一半开／小桥分路入青苔／背人照影无穷柳／隔屋吹香并是梅／

观明州图

明州城郭画中传／尚记西亭一舣船／投老心情非复昔／当时山水故依然／

钟山即事

涧水无声绕竹流／竹西花草弄春柔／茅檐相对坐终日／一鸟不鸣山更幽／

六年

六年湖海老侵寻／千里归来一寸心／西望国门搔短发／九天宫阙五云深／

世故

世故纷纷漫白头／欲寻归路更迟留／钟山北绕无穷水／散发何时一钓舟／

中年

颓城百雉拥高秋／驱马临风想圣丘／此道门人多未悟／尔来千载判悠悠／

江上

江北秋阴一半开／晚云含雨却低回／青山缭绕疑无路／忽见千帆隐映来／

送和甫至龙安微雨因寄吴氏女子

荒烟凉雨助人悲／泪染衣巾不自知／除却春风沙际绿／一如看汝过江时／

定林所居

屋绕湾溪竹绕山／溪山却在白云间／临溪放艇依山坐／溪鸟山花共我闲／

题张司业诗

苏州司业诗名老／乐府皆言妙入神／看似寻常最奇崛／

世故紛紛漫白頭欲尋歸路更遲留鍾山北繞無窮水
散髮何時一釣舟

中年

穨城百雉擁高秋驅馬臨風想聖丘此道門人多未悟
爾來千載判悠悠

江上

江北秋陰一半開晚雲含雨却低回青山繚繞疑無路
忽見千帆隱映來

送和甫至龍安微雨因寄吳氏女子

荒煙涼雨助人悲淚染衣巾不自知除却春風沙際綠
一如看汝過江時

定林所居

屋繞灣溪竹繞山溪山却在白雲間臨溪放艇依山坐
溪鳥山花共我閑

題張司業詩

蘇州司業詩名老樂府皆言妙入神看似尋常最奇崛

成如容易最艰辛／

次吴氏女子韵

秋灯一点映笼纱／好读楞严莫念家／能了诸缘如梦事／

世间唯有妙莲花／

江宁夹口三首

茅屋沧洲一酒旗／午烟孤起隔林炊／江清日暖芦花转／

只一作恰似春风柳絮时／

二

月堕浮云水卷空／沧洲店坼五更风／北山草木何由见／

梦尽青灯展转中／

三

落帆江口月黄昏／小店无灯欲闭门／侧出岸沙枫半死／

系船犹有去年痕／

郊行

柔桑采尽绿阴稀／芦箔蚕成密茧肥／聊向村家问风俗／

如何勤苦尚凶饥／

成如容易最艱辛

次吴氏女子韻

秋燈一點映籠紗好讀楞嚴莫念家能了諸緣如夢事

世間唯有妙蓮花

江寧夾口三首

茅屋滄洲一酒旗午煙孤起隔林炊江清日暖蘆花轉

祇（一作恰）似春風柳絮時

二

月墮浮雲水捲空滄洲店坼五更風北山草木何由見

夢盡青燈展轉中

三

落帆江口月黃昏小店無燈欲閉門側出岸沙楓半死

繫船應有去年痕

郊行

柔桑採盡綠陰稀蘆箔蠶成密繭肥聊向村家問風俗

如何勤苦尚凶饑

商鞅

自古驱民在信诚／一言为重百金轻／今人未可非商鞅／商鞅能令政必行／

苏秦

已分将身死势权／恶名磨灭几何年／想君魂魄千秋后／却悔初无二顷田／

乌江亭

百战疲劳壮士哀／中原一败势难回／江东子弟今虽在／肯与君王卷土来／

北望

欲望淮南更白头／杖藜萧瑟倚沧洲／可怜新月为谁好／无数晚山相对愁／

残菊

黄昏风雨打园林／残菊飘零满地金／撷得一枝犹好在／可怜公子惜花心／

天童山溪上

商鞅

自古驅民在信誠
一言為重百金輕
今人未可非商鞅
商鞅能令政必行

蘇秦

已分將身死勢權
惡名磨滅幾何年
想君魂魄千秋後
却悔初無二頃田

烏江亭

百戰疲勞壯士哀
中原一敗勢難迴
江東子弟今雖在
肯與君王卷土來

北望

欲望淮南更白頭
杖藜蕭瑟倚滄洲
可憐新月為誰好
無數晚山相對愁

残菊

黃昏風雨打園林
殘菊飄零滿地金
擷得一枝猶好在
可憐公子惜花心

天童山溪上

溪水清漣樹老蒼，行穿溪樹踏春陽。溪深樹密無人處，
唯有幽花渡水香。

陳動之秘校挽辭

入門三十六，迢遞已驚飛。似欲來爲諾，如何去不歸。琴
樽已寂寞，筆墨占光輝。空復平生友，西華豈見依。

杏花

石梁度空曠，茅屋臨清炯。俯窺嬌饒杏，未覺身勝影。嫣
如景陽妃，含笑墮宮井。怊悵有微波，殘妝壞難整。

新花

老年少忻豫，況復病在牀。汲水置新花，取慰此流芳。流
芳祗須臾，我亦豈久長。新花與故吾，已矣兩可忘。

白鷗吟示覺海元公

白鷗聲可憐，紅鷗聲可惡。白鷗靜無匹，紅鷗喧無數。白
鷗嗟不來，紅鷗揮不去。長松受穢死，乃以紅鷗故。北山
道人曰：美者自美，吾何爲而喜；惡者自惡，吾何爲而怒。
去自去耳，吾何關而追；來自來耳，吾何妨而拒。吾豈厭

喧而求静／吾岂好丹而非素／汝谓松死吾无依邪／吾方舍阴而坐露／

拟寒山拾得二十首

四

风吹瓦堕屋／正打破我头／瓦亦自破碎／岂但我血流／我终不嗔渠／此瓦不自由／众生造众恶／亦有一机抽／渠不知此机／故自认愆尤／此但可哀怜／劝令真正修／岂可自迷闷／与渠作冤仇／

七

我读万卷书／识尽天下理／智者渠自知／愚者谁信尔／奇哉闲道人／跳出三句里／独悟自根本／不从他处起／

十

昨日见张三／嫌他不守己／归来自悔责／分别亦非理／今日见张三／分别心复起／若除此恶习／佛法无多子／

十四

莫嫌张三恶／莫爱李四好／既往念即晚／未来思又早／见

喧而求靜吾豈好丹而非素汝謂松死吾無依邪吾方
捨陰而坐露

擬寒山拾得二十首

四

風吹瓦墮屋正打破我頭瓦亦自破碎豈但我血流我
終不嗔渠此瓦不自由衆生造衆惡亦有一機抽渠不
知此機故自認愆尤此但可哀憐勸令真正修豈可自
迷悶與渠作寃讎

七

我讀萬卷書識盡天下理智者渠自知愚者誰信爾奇
哉閑道人跳出三句裏獨悟自根本不從他處起

十

昨日見張三嫌他不守己歸來自悔責分別亦非理今
日見張三分別心復起若除此惡習佛法無多子

十四

莫嫌張三惡莫愛李四好既往念即晚未來思又早見

之亦何有／欻然如电扫／恶既是磨灭／好亦难长保／若今好与恶／可积如财宝／自始而至今／有几许烦恼／

寓言

言失于须臾／百世不可除／行失几席间／恶名满八区／百年养不足／一日毁有余／谅彼耻不仁／戒哉惟厥初／

和圣俞田具诗

扬扇

精良止如留／疏恶去如摈／如摈非尔憎／如留岂吾吝／无

之亦何有欻然如電掃惡既是磨滅好亦難長保若今
好與惡可積如財寶自始而至今有幾許煩惱

寓言

言失於須臾百世不可除行失几席間惡名滿八區百
年養不足一日毀有餘諒彼耻不仁戒哉惟厥初

和聖俞田具詩

颺扇

精良止如留疏惡去如擯如擯非爾憎如留豈吾吝無

心以择物／谁喜亦谁愠／翁乎勤簸扬／可使糠秕尽／

泊舟姑苏

朝游盘门东／暮出阊门西／四顾茫无人／但见白日低／荒林带昏烟／上有归鸟啼／物皆得所托／而我无安栖／

赠曾子固

曾子文章众无有／水之江汉星之斗／挟才秉气不媚柔／群儿谤伤均一口／吾语群儿勿谤伤／岂有曾子终皇皇／借令不幸贱且死／后日犹为班与扬／

心以擇物誰喜亦誰慍翁乎勤簸颺可使糠秕盡

泊舟姑蘇

朝遊盤門東暮出閶門西四顧茫無人但見白日低荒
林帶昏煙上有歸鳥啼物皆得所託而我無安棲

贈曾子固

曾子文章衆無有水之江漢星之斗挾才秉氣不媚柔
羣兒謗傷均一口吾語羣兒勿謗傷豈有曾子終皇皇
借令不幸賤且死後日猶為班與揚

岁晚

月映林塘澹/风含笑语凉/俯窥怜绿净/小立伫幽香/携幼寻新的/扶衰坐野航/延缘久未已/岁晚惜流光/

半山春晚即事

春风取花去/酬我以清阴/翳翳陂路静/交交园屋深/床敷每小息/杖屦或幽寻/惟有北山鸟/经过遗好音/

定林

漱甘凉病齿/坐旷息烦襟/因脱水边屦/就敷岩上衾/但留云对宿/仍值月相寻/真乐非无寄/悲虫亦好音/

即事

径暖草如积/山晴花更繁/纵横一川水/高下数家村/静憩鸡鸣午/荒寻犬吠昏/归来向人说/疑是武陵源/

北山暮归示道人

千山复万山/行路有无间/花发蜂递绕/果垂猿对攀/独寻寒水度/欲趁夕阳还/天黑月未上/儿童初掩关/

壬辰寒食

歲晚

月映林塘澹風含笑語涼俯窺憐綠淨小立佇幽香攜
幼尋新的扶衰坐野航延緣久未已歲晚惜流光

半山春晚即事

春風取花去酬我以清陰翳翳陂路靜交交園屋深牀
敷每小息杖屨或幽尋惟有北山鳥經過遺好音

定林

漱甘涼病齒坐曠息煩襟因脫水邊屨就敷巖上衾但

留雲對宿仍值月相尋真樂非無寄悲蟲亦好音

即事

徑暖草如積山晴花更繁縱橫一川水高下數家村靜
憩雞鳴午荒尋犬吠昏歸來向人說疑是武陵源

北山暮歸示道人

千山復萬山行路有無間花發蜂遞繞果垂猿對攀獨
尋寒水度欲趁夕陽還天黑月未上兒童初掩關

壬辰寒食

客思似楊柳春風千萬條更傾寒食淚欲漲冶城潮巾
髮雪爭出鏡顏朱早雕未知軒冕樂但欲老漁樵

孤桐

天質自森森孤高幾百尋陵霄不屈已得地本虛心歲
老根彌壯陽驕葉更陰明時思解愠願斲五絃琴

北山三詠

覺海方丈

往來城府住山林諸法翛然但一音不與物違真道廣

每隨緣起自禪深舌根已淨誰能壞足迹如空我得尋
歲晚北窻聊寄傲葡萄零落半牀陰

登寶公塔

倦童疲馬放松門自把長笻倚石根江月轉空為白晝
嶺雲分暝與黄昏鼠搖岑寂聲隨起鴉矯荒寒影對翻
當此不知誰是主道人忘我我忘言

示長安君

少年離别意非輕老去相逢亦愴情草草杯盤供笑語

客思似杨柳／春风千万条／更倾寒食泪／欲涨冶城潮／巾
发雪争出／镜颜朱早凋／未知轩冕乐／但欲老渔樵／

孤桐

天质自森森／孤高几百寻／陵霄不屈己／得地本虚心／岁
老根弥壮／阳骄叶更阴／明时思解愠／愿斫五弦琴／

北山三咏

觉海方丈

往来城府住山林／诸法翛然但一音／不与物违真道广／
每随缘起自禅深／舌根已净谁能坏／足迹如空我得寻／
岁晚北窗聊寄傲／葡萄零落半床阴／

登宝公塔

倦童疲马放松门／自把长筇倚石根／江月转空为白昼／
岭云分暝与黄昏／鼠摇岑寂声随起／鸦矫荒寒影对翻／
当此不知谁是主／道人忘我我忘言／

示长安君

少年离别意非轻／老去相逢亦怆情／草草杯盘供笑语／

登寶公答

中華古詩文教

昏昏灯火话平生／自怜湖海三年隔／又作尘沙万里行／
欲问后期何日是／寄书应见雁南征／
思王逢原
蓬蒿今日想纷披／冢上秋风又一吹／妙质不为平世得／
微言唯有故人知／庐山南堕当书案／溢水东来入酒卮／
陈迹可怜随手尽／欲欢无复似当时／
次韵徐仲元咏梅
溪杏山桃欲占新／高梅放蕊尚娇春／额黄映日明飞燕／
肌粉含风冷太真／玉笛悲凉吹易散／冰纨生涩画难亲／
争妍喜有君诗在／老我一作我老翛然敢效颦／
与舍弟华藏院此君亭咏竹
一迳森然四座凉／残阴余韵去何长／人怜直节生来瘦／
自许高材老更刚／曾与蒿藜同雨露／终随松柏到冰霜／
烦君惜取根株在／欲乞伶伦学凤凰／
金陵怀古四首
霸祖孤身取二江／子孙多以百城降／豪华尽出成功后／
昏昏燈火話平生自憐湖海三年隔又作塵沙萬里行
欲問後期何日是寄書應見鴈南征

思王逢原

蓬蒿今日想紛披塚上秋風又一吹妙質不爲平世得
微言唯有故人知廬山南墮當書案溢水東來入酒卮
陳迹可憐隨手盡欲歡無復似當時

次韻徐仲元詠梅

溪杏山桃欲占新高梅放蘂尚嬌春額黃映日明飛燕
肌粉含風冷太真玉笛悲涼吹易散冰紈生澀畫難親
爭妍喜有君詩在老我一作我老翛然敢效顰

與舍弟華藏院此君亭詠竹

一逕森然四座涼殘陰餘韻去何長人憐直節生來瘦
自許高材老更剛曾與蒿藜同雨露終隨松栢到冰霜
煩君惜取根株在欲乞伶倫學鳳凰

金陵懷古四首

霸祖孤身取二江子孫多以百城降豪華盡出成功後

逸乐安知与祸双／东府旧基留佛刹／后庭余唱落船窗／
黍离麦秀从来事／且置兴亡近酒缸／

二

天兵南下此桥江／敌国当时指顾降／山水雄豪空复在／
君王神武自难双／留连落日频回首／想像余墟独倚窗／
却怪夏阳才一苇／汉家何事费罂缸／

三

地势东回万里江／云间天阙古来双／兵缠四海英雄得／
圣出中原次第降／山水寂寥埋王气／风烟萧飒满僧窗／
废陵坏冢空冠剑／谁复沾缨酹一缸／

四

忆昨天兵下蜀江／将军谈笑士争降／黄旗已尽年三百／
紫气空收剑一双／破堞自生新草木／废宫谁识旧轩窗／
不须搔首寻遗事／且倒花前白玉缸／

古松

森森直干百余寻／高入青冥不附林／万壑风生成夜响／

逸樂安知與禍雙東府舊基留佛剎後庭餘唱落船牕
黍離麥秀從來事且置興亡近酒缸

二

天兵南下此橋江敵國當時指顧降山水雄豪空復在
君王神武自難雙留連落日頻回首想像餘墟獨倚牕
却怪夏陽纔一葦漢家何事費罌缸

三

地勢東回萬里江雲間天闕古來雙兵纏四海英雄得

聖出中原次第降山水寂寥埋王氣風烟蕭颯滿僧牕
廢陵壞冢空冠劍誰復沾纓酹一缸

四

憶昨天兵下蜀江將軍談笑士爭降黄旗已盡年三百
紫氣空收劍一雙破堞自生新草木廢宮誰識舊軒牕
不須搔首尋遺事且倒花前白玉缸

古松

森森直幹百餘尋高入青冥不附林萬壑風生成夜響

千山月照挂秋阴／岂因粪壤栽培力／自得乾坤造化心／
廊庙乏材应见取／世无良匠勿相侵／

葛溪驿

缺月昏昏漏未央／一灯明灭照秋床／病身最觉风露早／
归梦不知山水长／坐感岁时歌慷慨／起看天地色凄凉／
鸣蝉更乱行人耳／正抱疏桐叶半黄／

到舒次韵答平甫

夜别江船晓解骖／秋城气象亦潭潭／山从树外青争出／
水向沙边绿半涵／行问啬夫多不记／坐论公瑾少能谈／
只愁地僻无宾客／旧学从谁得指南／

读史

自古功名亦苦辛／行藏终欲付何人／当时黮黯犹承误／
末俗纷纭更乱真／糟粕所传非粹美／丹青难写是精神／
区区岂尽高贤意／独守千秋纸上尘／

伤仲永

金溪民方仲永／世隶耕／仲永生五年／未尝识书具／忽啼

千山月照掛秋陰豈因糞壤栽培力自得乾坤造化心
廊廟乏材應見取世無良匠勿相侵

葛溪驛

缺月昏昏漏未央一燈明滅照秋牀病身最覺風露早
歸夢不知山水長坐感歲時歌慷慨起看天地色淒涼
鳴蟬更亂行人耳正抱疏桐葉半黄

到舒次韻答平甫

夜別江船曉解驂秋城氣象亦潭潭山從樹外青争出

水向沙邊綠半涵行問啬夫多不記坐論公瑾少能談
只愁地僻無賓客舊學從誰得指南

讀史

自古功名亦苦辛行藏終欲付何人當時黮闇猶承誤
末俗紛紜更亂真糟粕所傳非粹美丹青難寫是精神
區區豈盡高賢意獨守千秋紙上塵

傷仲永

金谿民方仲永世隸耕仲永生五年未嘗識書具忽啼

求之\父异焉\借旁近与之\即书诗四句\并自为其名\其
诗以养父母收族为意\传一乡秀才观之\自是指物作
诗立就\其文理皆有可观者\邑人奇之\稍稍宾客其父\
或以钱币乞之\父利其然也\日扳仲永环谒于邑人\不
使学\予闻之也久\明道中\从先人还家\于舅家见之\十
二三矣\令作诗\不能称前时之闻\又七年\还自扬州\复
到舅家\问焉\曰\泯然众人矣\王子曰\仲永之通悟\受之
天也\其受之人也\贤于材人远矣\卒之为众人\则其受
于人者不至也\彼其受之天也\如此其贤也\不受之人\
且为众人\今夫不受之天\固众人\又不受之人\得为众
人而已邪\

游褒禅山记

褒禅山亦谓之华山\唐浮图慧褒始舍于其址\而卒葬
之\以故其后名之曰褒禅\今所谓慧空禅院者\褒之庐
冢也\距其院东五里\所谓华山洞者\以其乃华山之阳
名之也\距洞百余步\有碑仆道\其文漫灭\独其为文犹

求之父異焉借旁近與之即書詩四句并自為其名其詩以養父母收族為意傳一鄉秀才觀之自是指物作詩立就其文理皆有可觀者邑人奇之稍稍賓客其父或以錢幣乞之父利其然也日扳仲永環謁於邑人不使學予聞之也久明道中從先人還家於舅家見之十二三矣令作詩不能稱前時之聞又七年還自揚州復到舅家問焉曰泯然衆人矣王子曰仲永之通悟受之天也其受之人也賢於材人遠矣卒之為衆人則其受於人者不至也彼其受之天也如此其賢也不受之人

且為衆人今夫不受之天固衆人又不受之人得為衆人而已邪

遊襃禪山記

襃禪山亦謂之華山唐浮圖慧襃始舍於其址而卒葬之以故其後名之曰襃禪今所謂慧空禪院者襃之廬冢也距其院東五里所謂華山洞者以其乃華山之陽名之也距洞百餘步有碑仆道其文漫滅獨其為文猶

可识／曰花山／今言华如华实之华者／盖音谬也／其下平
旷／有泉侧出／而记游者甚众／所谓前洞也／由山以上五
六里／有穴窈然／入之甚寒／问其深／则其好游者不能穷
也／谓之后洞／余与四人拥火以入／入之愈深／其进愈难／
而其见愈奇／有怠而欲出者／曰／不出／火且尽／遂与之俱
出／盖予所至／比好游者尚不能十一／然视其左右／来而
记之者已少／盖其又深／则其至又加少矣／方是时／予之
力尚足以入／火尚足以明也／既其出／则或咎其欲出者／
而予亦悔其随之／而不得极夫游之乐也／于是予有叹
焉／古人之观于天地山川草木虫鱼鸟兽／往往有得／以
其求思之深而无不在也／夫夷以近／则游者众／险以远／
则至者少／而世之奇伟瑰怪非常之观／常在于险远／而
人之所罕至焉／故非有志者不能至也／有志矣／不随以
止也／然力不足者／亦不能至也／有志与力／而又不随以
怠／至于幽暗昏惑而无物以相之／亦不能至也／然力足
以至焉／于人为可讥／而在己为有悔／尽吾志也而不能

可識曰花山今言華如華實之華者蓋音謬也其下平
曠有泉側出而記遊者甚衆所謂前洞也由山以上五
六里有穴窈然入之甚寒問其深則其好遊者不能窮
也謂之後洞余與四人擁火以入入之愈深其進愈難
而其見愈奇有怠而欲出者曰不出火且盡遂與之俱
出蓋予所至比好遊者尚不能十一然視其左右來而
記之者已少蓋其又深則其至又加少矣方是時予之
力尚足以入火尚足以明也既其出則或咎其欲出者

而予亦悔其隨之而不得極夫遊之樂也於是予有歎
焉古人之觀於天地山川草木蟲魚鳥獸往往有得以
其求思之深而無不在也夫夷以近則遊者衆險以遠
則至者少而世之奇偉瑰怪非常之觀常在於險遠而
人之所罕至焉故非有志者不能至也有志矣不隨以
止也然力不足者亦不能至也有志與力而又不隨以
怠至於幽暗昏惑而無物以相之亦不能至也然力足
以至焉於人為可譏而在己為有悔盡吾志也而不能

至者／可以无悔矣／其孰能讥之乎／此予之所得也／余于
仆碑／又以悲夫古书之不存／后世之谬其传而莫能名
者／何可胜道也哉／此所以学者不可以不深思而慎取
之也／四人者／庐陵萧君圭君玉／长乐王回深父／余弟安
国平父／安上纯父／至和元年七月某日／临川王某记／

甘露歌

折得一枝香在手／人间应未有／疑是经春雪未消／今日
是何朝／尽日含毫难比兴／都无色可并／万里晴天何处
来／真是屑琼瑰／天寒日暮山谷里／的砾愁成水／地上渐
多枝上移／唯有故人知／

菩萨蛮

数家茅屋闲临水／单衫短帽垂杨里／今日是何朝／看予
度石桥／ 梢梢新月偃／午醉醒来晚／何物最关情／黄鹂
一两声／

渔家傲二首

灯火已收正月半／山南山北花撩乱／闻说洊亭新水漫／

至者可以無悔矣其孰能譏之乎此予之所得也余於
仆碑又以悲夫古書之不存後世之謬其傳而莫能名
者何可勝道也哉此所以學者不可以不深思而慎取
之也四人者廬陵蕭君圭君玉長樂王回深父余弟安
國平父安上純父至和元年七月某日臨川王某記

甘露歌

折得一枝香在手人間應未有疑是經春雪未消今日
是何朝盡日含毫難比興都無色可並萬里晴天何處

来真是屑瓊瑰天寒日暮山谷裏的皪愁成水地上漸
多枝上移唯有故人知

菩薩蠻

數家茅屋閒臨水单衫短帽垂楊裏今日是何朝看予
度石橋　梢梢新月偃午醉醒来晚何物最關情黄鸝
一兩聲

漁家傲二首

燈火已收正月半山南山北花撩亂聞説洊亭新水漫

骑款段／穿云入坞寻游伴／
却拂僧床褰素幔／千岩万
壑春风暖／一弄松声悲急管／
吹梦断／西看窗日犹嫌短／

二

平岸小桥千嶂抱／柔蓝一水萦
花草／茅屋数间窗窈窕／
尘不到／时时自有春风扫／
午枕觉来闻语鸟／欹眠似
听朝鸡早／忽忆故人今总老／
贪梦好／茫然忘却邯郸道／

清平乐

云垂平野／掩映竹篱茅舍／阒
寂幽居实潇洒／是处绿娇
红冶／丈夫运用堂堂／且莫
五角六张／若有一卮芳酒／
逍遥自在无妨／

浣溪沙

百亩中庭半是苔／门前白道水
萦回／爱闲能有几人来／
小院回廊春寂寂／山桃溪杏
两三栽／为谁零落为谁
开／

浪淘沙令

伊吕两衰翁／历遍穷通／一为
钓叟一耕佣／若使当时身

騎款段穿雲入鳥尋遊伴　却拂僧牀褰素幔千巖萬
壑春風煖一弄松聲悲急管吹夢斷西看窗日猶嫌短

二

平岸小橋千嶂抱柔藍一水縈花草茅屋數間窗窈窕
塵不到時時自有春風掃　午枕覺來聞語鳥敧眠似
聽朝雞早忽憶故人今總老貪夢好茫然忘却邯鄲道

清平樂

雲垂平野掩映竹籬茅舍閴寂幽居實瀟灑是處綠嬌

紅冶　丈夫運用堂堂且莫五角六張若有一巵芳酒
逍遥自在無妨

浣溪沙

百畝中庭半是苔門前白道水縈迴愛閑能有幾人來
小院回廊春寂寂山桃溪杏兩三栽為誰零落為誰
開

浪淘沙令

伊吕兩衰翁歷遍窮通一為釣叟一耕傭若使當時身

不遇／老了英雄／ 汤武偶相逢／风虎云龙／兴王只在笑谈中／直至如今千载后／谁与争功／

南乡子二首

嗟见世间人／但有纤毫即是尘／不住旧时无相见／沉沦／只为从来认识神／ 作么有疏亲／我自降魔转法轮／不是摄心除妄想／求真／幻化空身即法身／

二

自古帝王州／郁郁葱葱佳气浮／四百年来成一梦／堪愁／

不遇老了英雄 湯武偶相逢風虎雲龍興王衹在笑談中直至如今千載後誰與爭功

南鄉子二首

嗟見世間人但有纖毫即是塵不住舊時無相見沈淪衹為從来認識神 作麼有疎親我自降魔轉法輪不是攝心除妄想求真幻化空身即法身

二

自古帝王州鬱鬱葱葱佳氣浮四百年来成一夢堪愁

晋代衣冠成古丘／绕水恣行游／上尽层城更上楼／往事悠悠君莫问／回头／槛外长江空自流／

望江南·归依三宝赞

归依众／梵行四威仪／愿我遍游诸佛土／十方贤圣不相离／永灭世间痴／

归依法／法法不思议／愿我六根常寂静／心如宝月映琉璃／了法更无疑／

归依佛／弹指越三祇／愿我速登无上觉／还如佛坐道场／

晉代衣冠成古丘 繞水恣行遊上盡層城更上樓往事悠悠君莫問回頭檻外長江空自流

望江南 歸依三寶贊

歸依衆梵行四威儀願我遍遊諸佛土十方賢聖不相離永滅世間癡

歸依法法法不思議願我六根常寂靜心如寶月映琉璃了法更無疑

歸依佛彈指越三祇願我速登無上覺還如佛坐道場

时／能智又能悲／
三界里／有取总灾危／普愿众生同我愿／能于空有善思
惟／三宝共住持／

時能智又能悲
三界裏有取總災危普願衆生同我願能於空有善思
惟三寶共住持

中華古詩文萃王安石卷

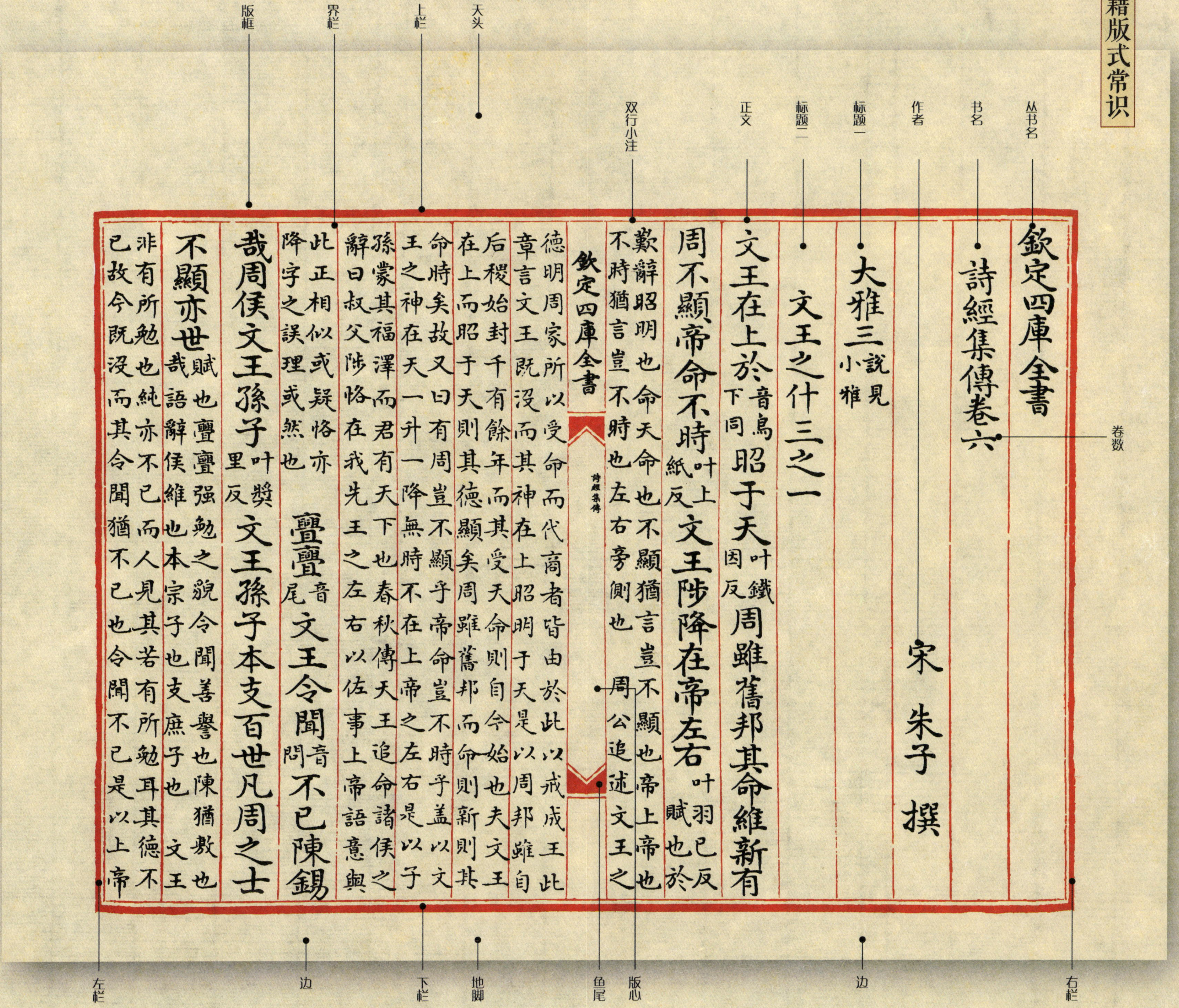

欽定四庫全書

詩經集傳卷六

宋 朱子 撰

大雅三 說見小雅

文王之什三之一

文王在上於音烏下同昭于天叶鐵因反周雖舊邦其命維新有周不顯帝命不時叶上紙反文王陟降在帝左右叶羽已反

賦也於歎辭昭明也命天命也不顯猶言豈不顯也帝上帝也不時猶言豈不時也左右旁側也周公追述文王之

欽定四庫全書 詩經集傳

德明周家所以受命而代商者皆由於此以戒成王此章言文王既沒而其神在上昭明于天是以周邦雖自后稷始封千有餘年而其受天命則自今始也夫文王在上而昭于天則其德顯矣周雖舊邦而命則新其命時矣故又曰有周豈不顯乎帝命豈不時乎蓋以文王之神在天一升一降無時不在上帝之左右是以子孫蒙其福澤而君有天下也春秋傳天王追命諸侯之辭曰叔父陟恪在我先王之左右以佐事上帝語意與此正相似或疑恪亦降字之誤理或然也

亹亹音尾文王令聞音問不已陳錫哉周侯文王孫子叶奬里反文王孫子本支百世凡周之士不顯亦世

賦也亹亹強勉之貌令聞善譽也陳猶敷也哉語辭侯維也本宗子也支庶子也文王非有所勉也純亦不已而人見其若有所勉耳其德不已故今既沒而其令聞猶不已也令聞不已是以上帝

中华古诗文萃总目录

初编

二编

中華古詩文萃總目錄

初編

二編

高适　岑参卷
韩愈卷　柳宗元卷
李贺卷　晏殊卷
欧阳修卷　晏几道卷
姜夔卷

高適　岑參卷
韓愈卷　柳宗元卷
李賀卷　晏殊卷
歐陽修卷　晏幾道卷
姜夔卷

圖書在版編目（CIP）數據

中華古詩文萃．王安石卷／《中華古詩文萃》編選組編．-- 北京：人民出版社，2017　ISBN 978-7-01-018367-1

Ⅰ．①中… Ⅱ．①中… Ⅲ．①古典詩歌－詩集－中國②宋詩－選集③古典散文－散文集－中國－北宋 Ⅳ．①I222

中國版本圖書館CIP數據核字(2017)第247651號

中華古詩文萃・王安石卷

責任編輯　劉暢

特約策劃　載道文化發展（北京）有限公司

封面題簽　霍重慶

出版發行　人民出版社

地址　北京東城區隆福寺街九九號

郵編　一〇〇七〇六

電話　〇一〇六五二五〇〇四二

〇一〇六五二八九五三九（銷售部）

印刷　常州市金壇古籍印刷廠有限公司

版次　二〇一八年五月第一版第一次印刷

ISBN　978-7-01-018367-1

定價　二九九圓

ISBN 978-7-01-018367-1

9 787010 183671 >